Dominando a Susan
Juguete nuevo
Dominando a Susan Vol. 3
AF581490
Erika Sanders

Dominando a Susan
Juguete Nuevo
(Dominación y Sumisión Erótica)

Erika Sanders

Serie
Dominando a Susan Vol. 3

Imagen portada: @ Michaela Begsteiger, 2025

Primera edición: 2025

Sinopsis

Susan, después de acabar la universidad va hacia su primer trabajo, un empleo proporcionado por un amigo de la familia, Robert, que siempre ha tenido un especial deseo hacia la hija de su amigo.

Este deseo especial es conseguir que Susan esté bajo su dominación...

Juguete nuevo (Dominación Erótica) es una novela de fuerte contenido erótico BDSM y, a su vez, una nueva novela perteneciente a la colección Dominación Erótica, una serie de novelas de alto contenido BDSM romántico y erótico.

También es la tercera parte de la nueva serie, **Dominando a Susan**, donde relataré las aventuras de Susan en su faceta de sumisión.

(Todos los personajes tienen 18 años o más)

Nota sobre la autora:

Erika Sanders es una conocida escritora a nivel internacional, traducida a más de veinte idiomas, que firma sus escritos más eróticos, alejados de su prosa habitual, con su nombre de soltera.

Índice:

DOMINANDO A SUSAN
JUGUETE NUEVO
(DOMINACIÓN ERÓTICA)
ERIKA SANDERS

REUNIÓN CON UN GERENTE

Regresó a su escritorio, con la cara enrojecida de incomodidad y vergüenza.

Ni siquiera se le había ocurrido decir que no y detener el juego.

Se sentó durante largos minutos preguntándose qué podría pasar si lo hiciera.

"Dios," pensó ella. "¿La despediría y le explicaría a su familia por qué o les deciría que había tenido que hacerlo porque era muy traviesa?

"Quizás", razonó ella. "ella podría ir con su padre y decirle lo que este hombre la hizo hacer, pero ella se deprimió al darse cuenta de que él realmente no había hecho nada que ella no había aceptado o pedido y no podía decirle eso a su padre."

Ella sonrió pensando en su padre amoroso.

Ella era su dulce ángel, y no podía soportar decepcionarlo con la verdad, que era una pequeña zorra como el Amo Robert la llamó.

Perdida en su ensueño, no vio el mensaje instantáneo parpadeando hasta que fue demasiado tarde.

Apareció un segundo y un tercer mensaje "¡AQUÍ AHORA!"

Casi lo escuchó gritar mientras saltaba y temblaba de expectación.

Ella no respondió, sino que corrió hacia su oficina y se detuvo justo en la puerta.

Al entrar, y sin hablar, le indicó que cerrara la puerta y señaló un lugar delante de su escritorio.

Caminando lentamente hacia el lugar, ella se quedó expectante mientras él terminaba de escribir notas en su computadora.

La miró decepcionado y sacudió la cabeza.

Su silencio la puso más nerviosa, se levantó y la acechó tirando de su falda, dejando al descubierto las bragas aún húmedas y golpeándole el trasero con fuerza.

Disfrutando de su chillido, la giró y apretando su barbilla con fuerza la hizo mirarlo a los ojos.

Inclinándose hacia su rostro, gruñó: "¡Yo, Susan, soy tu Amo! Tú, mi chica, eres mi esclava y tu falta de atención me lleva a creer que necesitas recordar eso".

Él vio como sus ojos se apartaban de los de él.

"¡Mírame!" Él gruñó en su rostro, saboreando su suspiro mientras sus ojos se alzaban hacia él.

Ella lo miró y comenzó a tartamudear disculpas, pero él apretó la mano más fuerte en la barbilla lo que la silenció mientras sus ojos se llenaban de lágrimas.

Se veía tan hermosamente vulnerable que su polla se agitó.

"Tendrás que ser castigada, por supuesto, pero creo que disfrutarías recibir otro azote, ¿verdad, mi pequeña zorra?"

Él observó con satisfacción, su vergüenza bañando su rostro mientras sus ojos oscuros la miraban.

"Estoy esperando a uno de los gerentes y no tengo tiempo para lidiar con tu desobediencia en este momento", mandándola a la esquina de su oficina detrás de su escritorio, continuó: "Párate en la esquina como una chica traviesa que eres, mientras yo me reúno con Alan".

Él sintió que se ponía rígida y vio que sus manos comenzaban a bajarse la falda, pero le dio una palmada fuerte en el trasero dejando una impresión roja y caliente.

"Deje la falda como está. Cruza los brazos frente a ti si ni siquiera puedes seguir esa sencilla instrucción."

La escuchó gemir y sofocar un sollozo, y con una sonrisa aligerando su rostro, regresó a su escritorio.

Ella palideció físicamente cuando lo escuchó levantar la voz y gritar:

"Entra Alan. Lo siento, mi asistente no estaba allí para darte entrada".

Escuchó una profunda voz reírse cuando Alan entró.

"No hay problema, Robert. Veo que has estado redecorando aquí. Muy bueno, debo decir, y ese toque de rojo que has agregado, ¡increíble!"

Su mente se aceleró:

"¿Estaba hablando de ella? Seguramente no"

Pero no pudo evitar que apareciera un rubor brillante en sus mejillas mientras miraba por la ventana de al lado.

Intentó quedarse quieta y no ponerse nerviosa con la esperanza de desvanecerse en el fondo mientras hablaban sobre algún cliente u otra cosa.

Finalmente, la reunión terminó y Alan se fue alegremente:

"Creo que podría decorar mi oficina de manera similar, Robert, pero quizás con algún tema nórdico".

Le hizo un guiño astuto a Robert y agregó:

"Me vuelvo loco cuando veo a una rubia con curvas. Tal vez es hora de hacer de Anne mi asistente personal".

Él se rió en voz alta cuando se fue y ella se encogió por dentro.

EL JUGUETE NUEVO

La dejó allí de pie otra media hora mientras rellenaba informes en la computadora antes de finalmente llamarla para que acudiera a él.

"Espero no tener que castigarte de nuevo, pequeña esclava, y para ayudarte para que prestes atención tengo un regalo para ti".

Al abrir un cajón de su escritorio, sacó un pequeño cilindro rosa fuerte y la miró mientras ella lo miraba con curiosidad.

"Ella realmente es tan inocente", pensó para sí mismo y sonrió al indicarle que fuera al baño privado e insertara el nuevo juguete en su coño como si fuera un tampón.

Él adoraba la forma en que las emociones jugaban en su rostro, sonrojándose encantadoramente mientras su mente luchaba contra su sumisión a él

"¡AHORA, esclava!"

Ella tomó el pequeño objeto de su mano y caminó lentamente hacia el baño, girándose para cerrar la puerta.

Pero lo vio asomándose allí observándola.

"Necesito orinar primero por favor, Amo". Ella tartamudeó.

"Adelante pequeña esclava, no te detendré". Se apartó un poco, pero no se movió de la puerta para mantenerla abierta.

Él se puso rígido volviéndose cuando la escuchó suspirar en voz alta.

Ella no pareció notarlo mientras se bajaba las bragas para orinar e insertaba el juguete.

Se puso de pie tirando de las bragas húmedas paraca colocarlas en su lugar.

Y cuando tenía las manos preparadas para bajarse la falda, lo escuchó chasquear la lengua.

Levantó la vista para verlo sacudir la cabeza.

Dejándose la falda apretada alrededor de su cintura, terminó de lavarse las manos y lo siguió hasta su escritorio.

Ella vio que él la estaba frunciendo el ceño y se preguntó qué podría haber hecho para disgustarlo ahora.

"Susan, este es un día de lecciones para ti, me parece".

Se detuvo por un momento, dejándola considerar sus palabras.

"¡Los esclavos no suspiran a sus Maestros!, ¿entendido? Es un simple, sí Amo, ¡porque como eres mi esclava, me obedecerás!" sus ojos se clavaron en los de ella mientras explicaba su transgresión más reciente.

Observó el horror y la vergüenza pasar por su rostro, sus dientes mordiendo su labio inferior de nuevo adorablemente.

"A veces es como castigar a una chiquilla", pensó.

Con los ojos muy abiertos, asintió con la cabeza, recuperándose lo suficiente como para susurrar, "Sí, Amo" cuando lo vio endurecerse más con ira.

Ahora estaba asustada, porque su evidente enojo le confirmaba que esto ya no era un juego.

La confirmación le golpeó como una bofetada en la cara que casi la sacudió sobre sus tacones por la fuerza de la nueva conciencia de su situación.

Sabía que había llegado demasiado lejos, hecho demasiado, dejar que él le hiciera demasiado, para ahora poder retroceder o pedirle que se detuviera.

Cualquier palabra de ese tipo hubiera muerto en su garganta.

Después de minutos de silencio, ella comenzó a sollozar y se volvió para irse de allí.

La vio quebrándose, la comprensión de sus intenciones cayendo sobre ella.

Este era su momento para comenzar a hacerla verdaderamente suya.

Tenía que moverse rápido antes de que entrara en pánico y huyera de él por completo.

Él extendió la mano a la velocidad del rayo y la agarró del brazo antes de que ella pudiera salir corriendo.

Sostuvo un control remoto ante sus ojos y presionó el botón para iniciar un zumbido bajo en su coño.

Ella se sacudió y dejó escapar un gemido mirándolo.

Con voz profunda dijo:

"Sí, pequeña zorra, controlo ese juguete nuevo en tu coño igual que te controlo a ti. Soy tu Amo".

Él la miró a los ojos temerosos mientras acariciaba su trasero.

El juguete zumbó a una velocidad más alta.

Su respiración comenzó a aumentar con su sensación de emoción.

Se inclinó para murmurar en su oído:

"Te gusta ser mi puta, ¿verdad, Susy?"

Él se acercó aún más atrayéndola hacia él mientras continuaba:

"Sin tener que ocultar lo traviesa que eres y los sentimientos en ese pequeño y apretado coño que te deja el juguete cuando estás conmigo, sabes que estabas destinada a servirme".

Con eso le dio una palmada fuerte en el trasero, calentándolo con la huella de su mano.

Al ver su mordisco en el labio, pudo ver las emociones jugar sobre su rostro expresivo mientras se llenaba de color.

"Puedes ser tú misma conmigo, Susy. Adoro todo lo que eres y todo lo que puedes y serás para mí".

Podía sentir el calor saliendo de ella, la vergüenza y el temor se mezclaban con el creciente hambre sexual que aparecía en sus ojos verdes debido a la excitación del juguete en su coñito.

Era una lenta y deliberada elección de palabras, dejando que invadieran su mente mientras ella luchaba con la comprensión de que esto nunca volvería a ser un juego para él.

Él habló para llenar incansablemente su cabeza con sus deseos.

"Te he conocido casi toda tu vida. Siempre tan dulce, tan inocente y tan obediente que sabía que naciste para ser una esclava, mi pequeña zorra. Necesitas un Maestro que te dé el placer y el dolor que anhelas".

Mantuvo su voz con un murmullo suave y bajo en su oído, pero con un tono severo y dominante en sus palabras.

"Puedes confiar en mí, Susy, me preocuparé por ti y te mantendré a salvo mientras alimento tus antojos y deseos".

Él puntuó esto con otra palmada en su culo ya rojo.

"Todo lo que le pido a la pequeña esclava es que me sirvas y me obedezcas bien. Soy tú Amo, Susy. Y tú, pequeña zorra, eres la esclava que deseo".

Ella estaba jadeando ahora, su cuerpo temblaba visiblemente de emoción cuando él volvió a activar el juguete un poco más fuerte y dándole una palmada en el culo otra vez.

"Te poseeré y cuidaré como mi posesión más preciada. Como tu Maestro, te entrenaré para complacerme y te castigaré cuando no lo hagas".

Su mano se estrelló de nuevo contra su trasero.

Ella abrió in poco más sus piernas que apenas la sostenían en posición vertical mientras él le daba lo que necesitaba.

Tal como él deseaba dominarla, ella necesitaba sus demandas de control sobre ella.

Podía ver y sentir lo caliente que se ponía cada vez que ella obedecía sus órdenes cada vez más despectivas, incluso ahora que él la miraba a los ojos llenos de lágrimas.

"Debes confiar y obedecer a tu Amo, Susy". Golpeando su trasero de nuevo, gruñó bajo "Córrete para mí, mi pequeña zorra. Obedéceme y córrete para tu Amo, esclava".

Él colocó su pierna entre las de ella mientras ella giraba sus caderas, dejándola moler su húmedo y palpitante coño sobre él, observando cómo su cabeza se inclinaba hacia atrás para gemir.

Envolvió sus brazos alrededor de su pequeño cuerpo y la atrajo hacia él cuando ella comenzó a temblar y estremecerse, la levantó, la llevó a una silla rellena y se sentó con ella en su regazo dejando que el zumbido dentro de ella se desvaneciera lentamente.

En ese momento no quería nada más que complacerlo, obedecerlo, que la cuidara y la atesorara.

Ella se sentó en su regazo durante mucho tiempo sintiendo que él la acariciaba, acariciando su cabello y su espalda mientras se calmaba.

Incapaz de decir lo que sentía, pensó a través de todo lo que había dicho y hecho.

En las cosas que ella había hecho y había dejado que él le hiciera en los últimos tres días, en sus palabras de confianza y cuidado, el placer y el dolor que le dio.

Inconscientemente se retorció mordiéndose el labio otra vez.

Su sonrojo llenó su rostro, su vergüenza y humillación se apoderaron de todas las demás emociones.

Todavía estaba un poco asustada de su ira y de lo que este supuesto juego realmente significaba para ella, pero también sentía su amor por ella.

Era casi como una figura paterna, estricto y severo pero cariñoso mientras ella se acunaba en sus brazos así.

¿Estaba mal de su parte pensar en él de esa manera considerando lo que había hecho y dejar que le siguiera haciendo eso?

No solo aceptaba sus travesuras, sino que las alentaba.

La había llevado a gritar por orgasmos, pero no había buscado el suyo.

Su mente se retorció con lo que estaba sintiendo.

Ella sintió que quería hacer eso por él, la fuerte necesidad que había sentido de huir de él empujada al fondo de su mente reemplazada en este momento por un deseo de complacerlo mientras reflexionaba sobre sus palabras, cuidado, confianza y amor.

Ella se imaginó cómo sería ser follada por él y llenarse con su semen y se retorció en sus brazos presionando contra su fuerte cuerpo firme.

Se sentó con ella acurrucada en su regazo, observando su rostro sabiendo que ella estaba considerando todo lo que le había dicho mientras él alimentaba sus crecientes necesidades masoquistas.

Él sonrió mientras la veía mordisquearse el labio y sonrojarse.

Necesitaba poseer a esta pequeña y hermosa chica, en cuerpo y alma, para hacerla soportar más su dolor y sufrir por él, pero necesitaba que ella viniera a él de buena gana.

Sus pensamientos se volvieron más oscuros, y le estaba tomando toda su fuerza de voluntad para no tirar por la borda su plan y tomar su cuerpo ahora mismo poseerla y obligarla a estar a su servicio.

Decidió que tenía que ir a buscar a una de las zorras de la compañía para resolver su frustración antes de perder su determinación.

Golpeando ligeramente su trasero, la despabiló:

"Pequeña zorra, has sido una asistente personal inútil esta mañana, así que ve de vuelta a tu escritorio y continúa con tu trabajo. Te llamaré si te necesito".

Él sonrió cuando el juguete zumbó brevemente haciéndola jadear y comprender su significado con demasiada claridad.

La ayudó a levantarse de su regazo, sonriendo mientras observaba su mirada desaliñada y sus brillantes muslos mojados.

"Puedes usar mi baño para limpiarte, pequeña zorra, pero deja el juguete donde está". Él sonrió mientras ella jadeaba mirándolo brevemente.

"Si Amo."

Mientras se apresuraba a ir al baño y se miraba al espejo, se preguntó si alguna vez dejaría de sonrojarse cuando estuviera con él.

Arreglando rápidamente su maquillaje, y limpiando la evidencia del placer que él le dio, ella hizo una mueca mientras giraba para ver su culo enrojecido.

Al salir del baño, vio que él se había ido sin decir una palabra y regresó a su escritorio sintiéndose extrañamente sola sin su presencia constante.

EXPUESTA DELANTE DE OTROS

Unas horas más tarde sintió como el juguete comenzó a zumbar de nuevo momentos antes de que él regresara luciendo relajado y sonriéndole alegremente.

Devolviéndole la sonrisa en su rostro al verlo, él se movió detrás de ella mirando por encima de su hombro a su computadora y colocó ambas manos sobre sus tetas apretándolas hasta que ella gimió suavemente.

"¿Trabajando duro mi pequeña esclava?"

Antes de que pudiera responder, vio como Alan presumía con Anne, la bomba rubia de la recepción, a su lado.

"Buenas tardes, señor Clarkson", Susan sonrió, intentando ignorar el hecho de que las manos de su Amo todavía estaban amasando sus tetas, aunque el sonrojo que recubría su rostro decía mucho.

"Susan, cariño, te extrañé esta mañana, espero que no hayas tenido problemas".

El aparentemente siempre exuberante Alan Clarkson guiñó un ojo y se rió entre dientes:

"Anne es mi asistente personal ahora y necesito llevarla a comprar algunas cosas para poder entrenarla adecuadamente en todo lo que implica su nuevo papel".

Le sonrió maliciosamente a Susan.

"Robert quiere algunas cosas para ti también, chica afortunada, pero necesitamos saber algunos tamaños y medidas. Aunque por lo que puedo ver, tu entrenamiento ha sido muy práctico".

Él se rió con buen humor y miró como las manos de su Amo que todavía cubrían sus pequeñas tetas.

"Vamos a mi oficina para hacer una lista".

Su Amo se rió junto con Alan, aupándola por las tetas y golpeándola ligeramente para hacerla moverse.

Llevándola al centro de la habitación, la ordenó mirándola fijamente: "Susan, desnúdate para que Anne pueda obtener medidas precisas".

Él la miró con una mirada severa mientras ella dudaba.

Se quedó paralizada, incrédula, el juguete zumbó más fuerte haciéndola jadear y mirar hacia arriba y él levantó una ceja.

Ella tragó saliva sacudiendo ligeramente la cabeza.

"¡AHORA Susan!" la ira brilló en sus ojos mientras la miraba.

Tocando con las manos temblorosas, dejó caer la falda y se quitó la chaqueta y la blusa que se las entregó a Anne, quien comprobó los tamaños y tomó notas.

"El sostén también, Susy, puedes quedarte las bragas sucias por ahora".

Él continuó mirándola enojado.

Ella estaba mortificada por sus palabras y se desprendió del sostén.

Ellos se apartaron de ella una vez que había terminado de desnudarse.

Los dos hombres se movieron al escritorio de su Amo para discutir su lista en voz baja, observándola desde la distancia.

Mortificada por dentro, se quedó casi desnuda y temblando mientras Anne tocaba y tomaba medidas de varias partes de su pequeño cuerpo, incluidas las muñecas, los tobillos y la garganta durante lo que pareció una eternidad.

Las manos de la mujer rubia parecían encenderla aún más mientras el juguete zumbaba haciendo que se pusiera más húmeda y sus pezones imposiblemente duros, lo que se sumó a su humillación.

Alan sonrió ampliamente al ver a Anne finalmente ponerse de pie y enrollar la cinta métrica.

"¡Ven esclava, vamos de compras!" Susan se tensó, pero él tomó a Anne por el brazo y la sacó de la habitación, y diciendo por encima del hombro. "Te veremos en unas horas Robert".

Los ojos de Susan se abrieron de par en par al escuchar la palabra esclava dirigida a otra chica y se giró para verlos irse.

Haciéndole señas para que se acercara, señalando un lugar en el piso detrás de su escritorio, cerca de él, la miró como casi desnuda se ponía en el lugar.

"¿Te ha gustado usar esas bragas sucias todo el día?"

Pasó una mano sobre su cadera y su coño sintiendo su humedad.

"No Amo".

Él sonrió.

"Bueno, quítatelas y la próxima vez que tengas la tentación de usar bragas, piensa en cómo se sintió".

Su sonrisa se volvió seria.

"No volverás a ponerte nada que cubra tu pequeño coño sin mi permiso expreso. ¿Me entiendes esclava? O tu incomodidad será mucho peor, te lo prometo".

Sus ojos buscaron los de ella asegurándose de que ella entendiera que esto, como todas sus órdenes, no era negociable.

Quitándose las bragas empapadas y apestadas, se quedó temblando y desnuda ante él, respirando lentamente, y susurró:

"Si Amo."

Acariciando su nalga ligeramente, la empujó hacia abajo, inclinándola sobre su regazo, hablando en voz baja, pero con un filo en su voz.

"Como eres mi esclava, cuando te pida que hagas algo obedeces, ¿es correcto eso esclavo?"

Sin darle tiempo a responder, y acariciando su hermoso culo continuó diciendo.

"Es lo que aceptaste. Sin embargo, por tercera vez hoy me encuentro teniendo que castigarte".

No le había dejado espacio para responderle y sonrió cuando ella gimió.

"Tu vacilación cuando te pedí que te desnudes no fue aceptable, me obedecerás esclava, independientemente de quién esté cerca".

Él la sintió tensarse mientras describía su disgusto.

"Debes confiar en que no te pondré en peligro. Alan también es un Maestro y Anne su esclava".

Dejó que la tristeza y la decepción se colaran en su voz.

"Tu negativa a desnudarte cuando te lo ordené fue un reflejo no solo de ti, pequeña esclava, sino de mí como tu Amo".

Ella se encogió ante el tono de su voz, encontrándose avergonzada de haberlo disgustado una vez más, la necesidad de complacerlo la había despertado antes haciéndola querer rogar por su perdón.

Ella comenzó a expresar su súplica, pero la silenció.

"Entiendo que lo sientes esclava y me entristece que deba castigarte de nuevo, pero aprenderás a confiar y obedecerme en todo lo que te pido".

Ella estaba gimiendo de vergüenza, así como por el calor que estaba creciendo en ella causado por su mano acariciante y por el juguete zumbando profundamente dentro de su coño goteante.

Sintió que su mano se levantaba y se preparó pensando que él la azotaría, pero fue reemplazada por la sensación de una vara delgada acariciando su piel.

Mientras, su mano izquierda se movió debajo de ella para acariciar su coño y agregarle más placer a la mezcla de emociones que la recorrían.

Ella se retorció ante sus toques, pero dando un chillido de sorpresa cuando el bastón le golpeó el culo mordiéndole la carne, haciéndola saltar en su regazo alzando los pies.

Sintió sus dedos hundirse en su coño y su clítoris sosteniéndola en su lugar y ella volvió a gritar, sus jadeos y gemidos se convirtieron en maullidos doloridos y jadeos eróticos cuando la golpeó dos veces más mientras seguía metiendo los dedos en su coño.

Tres punzantes ronchas rojas aparecieron en su piel por cada una de sus transgresiones de ese día.

Podía sentir las ronchas ardiendo en su piel cuando el cruel bastón fue reemplazado por su mano una vez más.

Sus dedos se retorcieron y tiraron de su clítoris hinchado mientras azotaba con fuerza las líneas rizadas sin descanso, haciéndola girar y doblarse en su regazo gimiendo de dolor y excitación.

Él observaba el exquisito cuerpo pequeño enrojecido sobre su regazo.

Su alegría y excitación se hicieron evidentes mientras la veía gozar y llorar por él.

Él era su Maestro, un deseo desde hacía mucho tiempo esperando que se convirtiera en realidad.

Al final de la semana, ella aceptaría su lugar como su esclava voluntariamente o él la tomaría por la fuerza si fuera necesario, pero sabía que no podía dejarla ir.

Él volvió a hablar en voz baja y gruñendo:

"Córrete por tu Amo, pequeña esclava. Muéstrame cuánto amas mi castigo".

Su cuerpo se contorsionó arqueándose, tensándose y estremeciéndose mientras explotaba ante su orden.

Su mente se perdió, flotando en una nube de placer y dolor por tercera vez ese día.

Ella gritó por él y se corrió.

LA HISTORIA CONTINUARÁ EN EL PRÓXIMO VOLUMEN: LA HABITACIÓN DE CASTIGOS

CONAN EL BÁRBARO
VOL. 3
ERIKA SANDERS

CAPÍTULO III
CASSANDRA

Las botas de cuero de suela blanda hacían poco ruido cuando la figura oscura y encapuchada caminaba a lo largo de una oscura calle trasera.

Las casas cercanas eran grandes, algunas de las más opulentas en Tarantia, muchas de ellas iluminadas por la luz de una linterna desde dentro a esta hora de la noche.

Incluso si no fuera por la oscuridad del exterior, poco habría sido visible de los rasgos de la figura, envueltos debajo de la capa larga y encapuchada.

La figura miró a su alrededor para asegurarse de que nadie estuviera mirando, pero la calle estaba desierta.

Se acercó a la puerta trasera de una de las casas y golpeó suavemente.

Después de una larga pausa, la puerta se abrió ligeramente y un rostro humano se asomó.

Aparentemente satisfecho en lo que respecta a la identidad del visitante, el hombre abrió más la puerta y la figura desapareció dentro.

La habitación interior era sombría, iluminada solo por el candelabro que sostenía el sirviente.

Cassandra se retiró la capucha de su manto, revelando un rostro bonito, pero serio, con piel pálida y cabello castaño hasta los hombros.

Sin embargo, su ascendencia fue inmediatamente aparente, tal como lo fue, tal vez, su razón para ocultarse.

Solo por debajo de su cabello se veían las puntas de dos cuernos pequeños y negros, y sus ojos brillaban a la luz de las velas como dos granates oscuros, un tinte rojizo definitivamente antinatural.

"Le informaré a su señoría de su presencia", dijo el hombre, aparentemente sin reaccionar de ningún modo ante su reveladora apariencia, "y por favor espere aquí".

Dicho eso, se fue, llevándose la vela y sumergiendo la habitación en una oscuridad casi total.

Eso le importaba poco a Cassandra, aunque no tenía idea de si el hombre se había dado cuenta de eso o no.

Ella era una semidemonia, su sangre manchada con la oscuridad del infierno mismo.

La mayoría de sus antepasados habían sido humanos, por supuesto, pero una de sus tatarabuelas se había comprometido a una noche de libertinaje desenfrenado con un demonio, dejando como resultado a su bisabuelo.

No sabía ni se preocupaba por los detalles precisos, ni mucho menos sobre cómo su línea tocada por el Infierno se había propagado por generaciones, pero la mancha infernal en su sangre le daba algunas ventajas sobre los humanos más mundanos.

Una de las cuales era la gran capacidad de ver en la oscuridad que habría desafiado incluso a la visión de un gato.

Esta era, concluyó, una sala de espera para visitantes que no tenía claro que la dueña de la casa quisiera que otros vieran al llegar.

Comerciantes en su mayor parte, probablemente, pero también aquellos como ella.

La habitación tenía poca decoración, y solo una ventana, que estaba bien cerrada.

Aquí había un par de sillas, ambas funcionales, pero no lo suficientemente caras como para adaptarse realmente a la casa.

El único toque de personalidad estaba en el pasillo más allá, parado en un pequeño pedestal.

Era una estatuilla, de fundición de bronce, que mostraba a un sátiro con un falo inverosíblemente grande, ocupado en follarse a una pequeña ninfa.

La boca de la ninfa estaba abierta, gritando, pero la estatuilla era demasiado ambigua para decir si el escultor había querido que fuera por placer o por dolor.

Lo que era, sospechaba ella, bastante deliberado.

De cualquier manera, parecía algo extraño para tener en el pasillo.

El hombre regresó, luego de una espera que seguramente tenía la intención de ponerla en su lugar, pero no lo suficiente como para ser realmente inconveniente.

"Su señoría te verá ahora", dijo, y le hizo un gesto para que le siguiera.

Guió el camino a través de un pasillo que, aparte del pedestal y su figura, se parecía mucho a la de cualquier otra casa costosa y opulenta.

Se preguntó si la estatua de bronce se había puesto allí para su propio beneficio y, en caso afirmativo, cuál sería el mensaje que se suponía eso tenía.

Tal vez solo tenía la intención de intranquilizarla, pero, de ser así, había fracasado.

Se necesitaría más que eso para sorprender a una semidemonia.

Por fin llegaron a una puerta doble de madera tallada con un abstracto bajorrelieve, que el hombre abrió para indicar una habitación más iluminada más allá.

Le hizo un gesto para que entrara, luego, una vez que lo hizo, se inclinó silenciosamente ante la ocupante de la habitación antes de retroceder y cerrar la puerta.

Su señoría era claramente una pervertida.

Los tapices colgaban en tres de las cuatro paredes de la habitación, ocultando cualquier otra puerta o ventana que pudiera haber.

La única pared desnuda era la que contenía la puerta por la que acababan de entrar, y que sostenía linternas brillantes con candelabros que arrojaban luz sobre la habitación.

Además, había dos sillas y una mesa pequeña, sosteniendo lo que parecía ser una botella de vino y una copa.

Si se sentara en la silla vacía, la mesa estaría fuera de su alcance, pero, lo que es más importante, solo se verían las tres paredes con tapices.

Y si la figurilla en el pasillo podía tener o no la intención de hacerla sentir incómoda, seguramente los tapices sí.

Cada uno mostraba un jardín nocturno, lleno de cuerpos desnudos envueltos en actos sexuales gráficos y explícitos.

Iban de lo apasionado a lo bizarro e incluso brutal.

Además de los humanos y los elfos, los hombres bestia y los semidemonios parecían ocupar un lugar destacado, y muchas de las parejas eran del mismo sexo.

Nada de esto tenía nada que ver con por qué había sido invitada aquí, y su mente comenzó a formular tácticas de escape, solo como una precaución.

Lady Gedren estaba sentada en la más grande de las dos sillas, que parecían tronos, y acolchadas con tela roja.

"Buenas noches", dijo ella, con su voz suave como la seda, "tome asiento".

Cassandra ya había hecho su tarea, antes de venir, sobre la mujer que tenía delante.

Lady Taramis Gedren rara vez se veía en los círculos sociales de la nobleza local, y con buena razón: ella era una elfa oscura.

Hasta donde pudo determinar Cassandra, había sido excluida de su propia sociedad por alguna razón, y se había establecido aquí, fortaleciendo su fortuna con el trabajo mercantil y mágico.

El título de "dama" era una mera afectación, un remanente de su educación super exclusiva.

Se sentó en la silla vacía, frente a la elfa oscura.

Sobre el hombro izquierdo de su señoría había una representación de una mujer elfa que se atragantaba con la polla rígida de un minotauro, y sobre la otra, una imagen de un hombre humano, encadenado a un árbol mientras un elfo oscuro masculino lo sodomizaba.

A juzgar por la propia postura del ser humano, esto era aparentemente algo que disfrutaba mucho, a pesar de las cadenas.

Cassandra ignoró ambas imágenes, manteniendo sus ojos fijos firmemente en la mujer frente a ella.

"Escuché que eres buena", dijo su señoría.

La semidemonia no dijo nada: dadas las circunstancias, la frase era bastante ambigua.

"En obtener cosas sin el conocimiento de su propietario", agregó la elfa oscura después de un breve silencio, "en entrar a las instalaciones donde otros preferirían que no se profanaran. ¿Es esto cierto?"

"Sí", respondió Cassandra, una simple declaración de hecho.

Gedren ya lo sabía, o ella no estaría aquí.

La elfa oscura asintió, manteniendo su expresión altanera.

Su vestido, si pudiera llamarse así, estaba hecho de un material púrpura oscuro, pero Cassandra sospechaba que su creador no podría haber sido un simple sastre común.

La parte superior consistía en dos piezas del indefinido material púrpura oscuro, estiradas sobre los pechos de Gedren, unidas por un broche dorado con un solo rubí en su amplio escote, y también provisto de tiras negras de tela alrededor de su espalda y sobre sus hombros.

También llevaba un manto de un fino material negro y sedoso, formando una gargantilla alrededor de su cuello, pero se la empujó hacia atrás para mostrar mejor el sensual y erótico conjunto del resto de su cuerpo.

Brazaletes de plata decoraban sus brazos desnudos, mientras que piezas de relleno negro cubrían sus brazos, con forma de armadura, pero claramente decorativos en lugar de prácticos.

Su piel era de color negro azabache, suave y sin defectos.

Su vientre estaba desnudo, delgado y curvilíneo, decorado solo por una cadena de filigrana dorada justo debajo de su ombligo, sosteniendo una pequeña gema colgante.

Debajo de eso venía la segunda parte de su vestido, dos tiras anchas del mismo material púrpura oscuro envueltas entre sus piernas, llegando hasta la mitad de sus pantorrillas.

Estaban unidas por otras dos tiras negras más, una que se extendía sobre sus caderas desnudas y la otra más abajo en la parte superior de sus muslos.

Parecía casi una camisa, pero, aun así, dejaba sus piernas casi desnudas.

"Tengo una tarea que requiere a alguien de sus talentos particulares", dijo Lady Gedren, "no hace falta decir que su discreción es absolutamente esencial".

"Sabrá que el silencio viene garantizado con mi trabajo", respondió la semidemonia.

Gedren ya lo habría comprobado también.

Era de esperar en este negocio.

"Perfecto." contestó la elfa oscura, con una leve sonrisa tentadora en sus labios.

Su pelo era blanco puro, como la nieve, recogido en una larga cola de caballo, con flecos sueltos que enmarcaban su rostro.

Sus ojos eran de color ámbar brillante, pero de alguna manera tan fríos como el hielo.

Ella no parecía ser del tipo de mujer con la que apeteciera cruzarse en tu camino, pero Cassandra había lidiado con mucha de este tipo de gente durante su vida, y había pocas personas que pudieran intimidarla ahora.

Gedren cruzó lánguidamente las piernas, mostrando la suave extensión negra de un muslo desnudo y, probablemente de manera bastante intencional, un destello de sus bragas de color púrpura oscuro.

Todo su enfoque, tuvo que admitir Cassandra, era nuevo método para ella.

Normalmente, si alguien quería impresionarla sobre lo poderosos y aterradores que eran, utilizarían la amenaza implícita de la violencia.

Esta era la primera vez que alguien intentaba desanimarla a través de la sexualidad.

Pero ella estaba decidida a que no funcionaría mejor que cualquier otro enfoque.

Y no era, simplemente, a través del uso de la decoración y la ropa reveladora que Gedren estaba tratando de hacerla sentirse incómoda.

Incluso dentro del corto espacio de tiempo que había estado en la habitación, los ojos del elfa oscura ya había recorrido y se habían detenido sobre su cuerpo varias veces.

Cassandra llevaba ropa de cuero, que cubría cada centímetro de su piel, excepto la cabeza, pero no había duda de que estaba desnudándola mentalmente.

Como un semidemonia, esa era una experiencia inusual, y no parecía que Gedren estuviera fingiendo su deseo.

Por lo que, si los tapices eran una guía, sus gustos tendían a lo inusual y variado, pero, desafortunadamente para el elfa oscura, Cassandra no tenía, ahora mismo, ninguna intención de hacerlo con otra mujer.

"Hay algunos individuos que recientemente regresaron a esta ciudad", continuó Lady Gedren.

"Son el tipo de personas que tienden a adentrarse en las ruinas subterráneas en busca de oro y tesoros. Estoy segura de que conoce el tipo de personas de las que le hablo. Son expertos y experimentados, como cualquiera que tuviera que sobrevivir durante mucho tiempo en aventuras".

Cassandra asintió, pero esperando a que Lady Gedren acabara lo que tenía que decir.

"Y han adquirido algo, algo que me gustaría que obtuvieras para mí ...".

FIN

GANG BANG CON UNA VAMPIRA
CINDY LA VAMPIRA 2
ERIKA SANDERS

La música era exactamente como a mí me gustaba: fuerte, rápida, y martilleando mis oídos. El profundo ritmo de los bajos hacía que mi cuerpo se moviera por sí solo. Levanté las manos sobre mi cabeza mientras todo mi cuerpo se retorcía al ritmo de la música.

Los dos tipos con los que estaba bailando también lo estaban disfrutando mucho. Lo podría jurar.

El que estaba delante de mí mantenía el movimiento de su cuerpo pegado al mío. Sus manos estaban sobre mis costados y el bulto tenso y duro que sobresalía de sus pantalones estaba rozándome la parte delantera de mis pantalones de cuero.

El tipo que bailaba detrás de mí era aún menos sutil que el otro. Sus manos estaban pegadas a mis caderas y él estaba presionando, con una erección verdaderamente dura y asombrosa, contra mi culo cubierto por el cuero ceñido a mi piel.

Si me hubiera puesto algo más ligero, su pene probablemente podría haberme rastreado los contornos de cualquier braguita que hubiera llevado, ya que me lo frotaba de arriba y abajo, muy concienzudamente, entre mis nalgas.

Y realmente deseaba poder tener el tiempo suficiente para llevarme a cualquiera de ellos, o a ambos, y dejar que me hicieran lo que quisieran.

Diablos, la luz era tan tenue aquí que probablemente podrían haberme follado sin que nadie lo notara. Podría lidiar con eso, excepto que sabía muy bien que tan pronto como lo intentaran terminaría teniendo que pasar a la acción.

Además, no podía decir dónde estaba James en la multitud y el pobrecito se avergüenza cuando actúo así.

No había tiempo para todos estos juegos, de todos modos, ya que no era por eso por lo que estaba aquí. Este era el quinto club nocturno que yo y mis acompañantes habíamos visitado en la noche.

No estaba aquí buscando sexo, aunque planeaba hacerlo también después acabar mi jornada de trabajo. Estaba aquí cazando.

Hace seis noches, en respuesta a la llamada telefónica de James, había conducido desde el lugar de mi reciente cita con una contable llamada Rachel, en Dallas, hasta Washington, DC.

Aparqué a muy cerca del edificio central del FBI y caminé hacia una pequeña entrada camuflada a un lado del edificio.

Mostré mis credenciales de la CIA y finalmente me dejaron pasar después de varias llamadas telefónicas y una espera de 20 minutos.

La enemistad entre la Agencia y los Federales se remonta a la década de 1940. Cuando estaba en la OSS una vez quedé atrapada en el medio, pero esa es una historia para contarla otro momento.

Me llevaron a una oficina sin ventanas. Por las imágenes, chucherías de la mesa y la placa que decía "Agente especial J. Ford", descubrí que era la oficina de James. Me senté detrás de su escritorio y puse mis pies sobre él.

Él estaba hablando por encima del hombro a un grupo típico de federales, hombres caucásicos cuidadosamente vestidos y de unos 30 años. Vislumbré a una mujer asiática muy linda en el pasillo, pero me despistó el cálido saludo de James.

"Quita tus pies de mi escritorio". Secundo las acciones a sus palabras, atrapó mis tobillos y dejó caer mis piernas al suelo. Él ni siquiera comentó sobre qué lindas estaban mis piernas, maldito sea.

Recogió una carpeta de la mesa colocada en el medio de la oficina y me presentó a sus socios. Pero no parecían muy felices de conocerme. Y no estaba segura de si eso era porque soy una vampira, o porque soy de la CIA.

Algunas personas están muy recelosas sobre trabajar con vampiros. Supongo que no puedes culparlos.

Sin embargo, todos estos tipos parecían muy cómodos con él. Tal vez es porque James lleva ya en el FBI alrededor de 60 años y creo que suficientes agentes han trabajado con él para sentirle como uno de ellos, solo que con una necesidad de alimentación un poco peculiar y distinta a la suya. Pero en la Agencia es diferente porque pasamos por ella mucha más gente y somos más independientes.

James casi nunca desperdicia saliva en palabras hablando de más. Tampoco lo hizo esta noche.

"Señores, esta es Cindy Madison. Ella generalmente trabaja para otra rama del gobierno, pero se ha unido al FBI para ayudarnos a buscar al asesino que ha estado haciendo esto".

Él pasó, entre todos, una serie de fotos. Casi se me revuelven las tripas por lo que vi en las fotos que les habían hecho a algunas de las mujeres asesinadas.

"Así que creo que está claro para todos ustedes", continuó James, "Estamos lidiando con un vampiro enloquecido. Es por eso por lo que yo estoy dirigiendo esta operación. Se necesita a un vampiro para atrapar otro vampiro".

Todos los agrupados alrededor de la mesa asintieron con la cabeza, demostrando que todos estaban familiarizados con James y sin inmutarse por lo que él era.

Uno de los agentes me miró.

"¿Y qué pasa con ella? ¿Ella también es...?" y dejó que su pregunta se quedara en el aire.

"Sí", dijo James rotundamente. "Y ella es completamente de fiar". Dejó que su cara de piedra se relajara por un segundo. "Igual que como podemos confiar en otro compañero".

Él me hizo un guiño. Aprecié el comentario. Sabía que lo había hecho para hacerme parecer "más humana" para ellos.

Durante los siguientes 30 minutos, James resumió el caso. Alguien estaba matando a mujeres jóvenes y atractivas en toda la costa este. Los cuerpos mostraban todos los síntomas clásicos de un ataque de vampiros. El plan era que yo actuara como cebo. Era lo suficientemente parecida a las víctimas como para encajar con su tipo de mujer favorito. Y usar una agente femenina humana había sido descartado por ser demasiado peligroso. Yo, al menos, podría enfrentarme al asesino en terrenos relativamente parejos.

"¿Cindy? ¿Estás dentro?"

No veía que tuviera otra opción. Si no podíamos atrapar a este tipo, pensando que fuera un tipo, una mera suposición en este momento, entonces tendrían que emplearse otros medios. Y esos medios podrían ser ruidosos, desordenados y poner en peligro nuestro mayor secreto y salvaguardia, esto es, que existimos.

El hecho de que la mayoría de nosotros somos ciudadanos normales, que pagan sus impuestos, no impediría que una cacería de brujas nos cazara a todos y nos quemaran en la hoguera.

La sensibilidad de los humanos no incluye a los muertos vivientes.

Además, James me había salvado la vida una vez mientras trabajaba encubierta en los años 60. Y Woodstock, en esa época, me pareció un gran lugar para poder relajarse, terminar mi curación provocada por una espectacular explosión en el sudeste asiático y escuchar buena música.

Y, por cierto, también para echar buenos polvos y probar las diversas posibilidades del 0 positivo disponible.

Todo había ido genial durante la mayor parte del festival. Dado que muchas personas dormían o se desmayaban durante el día, no era nada raro que solo se me viera de noche. Me lo estaba pasando en grande. Sexo, rock and roll y una cantidad de sangre muy variada, pero tomada en cantidades muy pequeñas de cualquier persona.

La noche anterior, una chica a la que solo conocía como Peace, me había invitado a su tienda, donde dormía. Allí conocí a otras tres personas, pero me fui olvidando de todos sus nombres en el proceso de deshacernos de todas nuestras ropas.

Tengo que admitir que, aunque en los 60 era fácil el sexo casual, extrañaba mucho la seducción, ya sea que estuviera siendo seducida o fuera la seductora.

Pero mientras me estaba quitando la ropa, pensé que había muchas ventajas en tener, de pronto, cuatro cuerpos desnudos, a tu disposición, como, por ejemplo, el tener la posibilidad de disfrutar de ambos sexos. Y había otras muchas ventajas que imagino ustedes estarán pensando.

Pero en ese momento en lo que pensaba era que tenía que hacer una elección: ¿Chico o chica primero?

Resultó que tomaron la decisión por mí.

Como ya estaba tendida sobre una manta después de mi improvisado espectáculo para todos del "El Striptease de Cindy", Peace se me sentó encima de la cara, poniéndosela justo entre sus piernas.

Ella comenzó a frotar su coño sobre mi cara. Bien, como sé cuándo quieren que ponga de mi parte, me incliné, un poco, sobre mi costado para obtener un mejor ángulo de su rajita y comencé a acariciar rápidamente su abierto coño con la parte plana de mi lengua. Mientras con mis dos manos sujetaba el tentador culito de mi lasciva y linda amante.

Mientras me comía el sabroso coñito de Peace, sentí como dos cuerpos más se acercaban, uno a cada lado mío.

Quienes fueron de los otros no podía verlo, al tener mi cabeza entre las piernas de Peace, pero en cuanto al género, en seguida se me respondió la pregunta no formulada en cuanto sentí una dura polla chocar contra mi vientre y otra dura verga deslizarse por mi espalda.

Un par de manos se posaron en mis tetas y el otro par me separó las piernas. Estaba a punto de convertirme en el relleno de un sándwich de Cindy. No es que no me gustara, al contrario, pero esperaba que el tipo que estaba a punto de meter su miembro en mi culo lo hubiera lubricado con algo

A juzgar por el hecho que sentía como las pollas de los dos tipos me rozaban durante un rato y luego las quitaban, la quinta persona, que era otra mujer, debía también estar ocupada con ellos. Los gemidos, sorbidas y comentarios como "Chúpalo así, bebé", me acabaron de confirmar que estaba abajo, en algún lugar cerca de mis piernas, mamando a cada uno de los chicos por turno.

Entonces, el tipo que estaba delante, levantó mi pierna derecha en el aire, acercó su polla contra los labios de mi coño y me la metió de un tirón, directa hacia el fondo. Toda la longitud de su pollón de mí, hasta los huevos.

¡Oh demonios!, debía de tenerla bien buena. No califico a mis amantes por la longitud de su pene, pero la suyo era muy buena. En el momento en que me dio una docena de embestidas seguidas, su polla ya estaba profundamente metida en mi cuello uterino y la cabeza de la verga estaba ya tocando mi punto G.

Respondí gruñendo profundamente en el dulce y abierto coño de Peace. Cuando la cabeza hinchada del glande del segundo hombre se abrió paso a través de mi conducto anal, casi la muerdo justo donde la estaba lamiendo.

Mis colmillos se extendieron y pasaron por sus labios vaginales casi sin poder controlarme. Para ello me concentré en el sabor de sus jugos que ya corrían por mi cara.

Finalmente, el número dos finalmente consiguió meter toda su polla dentro de mi culo y me di cuenta de que lo tomó como una señal para ver si su verga podía encontrarse con la del primer tipo en algún lugar dentro de mí.

Así que los chicos decidieron follarme en serio. El primero, el que estaba delante de mí, atacaba mi coño, mientras las caderas del segundo retrocedían. Y, después, cuando la polla del otro me entraba, casi completamente, en mi culo, hasta que su ingle me golpeaba las nalgas, la polla del primero casi, pero no del todo, salía de mi coñito.

Y con cada empuje llevaba mi lengua más adentro dentro del coño empapado de Peace, hasta que pensé que mi cara desaparecería dentro de ella. Es una buena cosa que no necesito respirar.

Y, como yo soy muy salvaje, quería usar todo en todos.

Así que pasé un dedo, junto con mi lengua, dentro de Peace, mojándolo, empapándolo con sus jugos. Después, seguí el contorno de sus labios vaginales con mi dedo mojado hasta que encontré el agujero apretado que estaba buscando.

Ella no debe de haber estado tan acostumbrada a follar como yo (no es ninguna sorpresa, después de todo, he estado jugando con pollas y consoladores durante siglos) porque su culo intentó mantener mi dedo fuera.

Pero no logró eso y mi mano chocó contra sus glúteos cuando el dedo atravesó su resistencia. Ella respondió a la penetración anal con mi dedo, acercándose mucho más a mi rostro, metiéndomelo aún más profundamente en su coño. No pensé que eso fuera posible. Pero lo fue. Juro que mi lengua debía haber estado llegando a su hígado en ese momento.

La pregunta de que estaba haciendo la cuarta persona, la otra chica, en ese momento, se me respondió cuando ella me tomó la mano libre que tenía posada en el culo de Peace y la puso en su coño.

Tuve que hacer muy poco mientras ella acomodaba mi mano para que mi pulgar estuviera sobre su clítoris y ella metió tres de mis dedos dentro de ella.

Eso estuvo bien, porque ahora estaba ocupada, centrados mis pensamientos en mi mano y mi boca follando a Peace, como para saber cómo lo tenía que hacer con la otra chica, por lo que podría no haber tenido una adecuada colocación de mis dedos, y mucho menos al ponerlos en otra persona.

Los chicos habían perdido su ritmo, pero luego lo recuperaron. Sin embargo, en lugar de entrar uno y salir el otro, ahora se estaban encontrado como si el objetivo fuera aplastarme entre ellos.

Estaba segura de que las dos cabezas de sus miembros se tenían que tocar cuando los dos atacaban, dentro de mí, al mismo tiempo. Pero estaba tan completamente extasiada de placer y lujuria que no me importaba si continuaban así toda la noche.

No pudieron, por supuesto.

Primero un pollón se vació en mí, luego el otro. Debía haber estado inundada de leche porque cuando finalmente ambos se apartaron de mí, sentí que me corría por todos lados.

Peace me seguía ahogando, ahora convulsionado, casi al mismo tiempo, y la otra chica cerró sus músculos vaginales con tanta fuerza sobre mis dedos que pensé que se los llevaría con ella como recuerdo.

En medio de toda esta corrida general, no estoy segura de que alguien siquiera notara que mi orgasmo fue también bastante espectacular en sí mismo.

Una vez que todos ellos se hubieron calmado, en realidad casi se desmayaron, probé a cada uno de mis nuevos amigos por turno. Realmente no tenía mucha hambre, así que fue más bien como tomar un bocadillo y un refresco después del sexo para recuperar las fuerzas.

Tomé solo pequeñas cantidades de sangre de cada uno, teniendo cuidado de no usar el mismo lugar en cada uno para alimentarme.

Una vez que entiendes de anatomía, hay varios lugares más allá del cuello para poder extraer sangre fácilmente. Eso hace que sea mucho menos probable que todos se despierten más tarde y digan "Oye, todos hemos sido mordidos por un vampiro". Aunque no es que estuviera muy segura de que a ellos les importaría eso o no.

Fue poco tiempo después cuando comencé a sentirme realmente extraña. Mi cabeza daba vueltas y comencé a escuchar voces. Un hermoso amanecer parecía estar a la vista, junto con el remolino de colores y sonidos que estaba experimentando.

Me tambaleé fuera de la tienda y me alejé para contarle a alguien sobre las maravillas que notaba en los dedos de manos y pies. Entonces realmente todo se volvió aún más extraño y debí haberme caído desmayada.

Me desperté con un increíble dolor de cabeza y la visión de James mirándome no ayudó tampoco. Me reí al ver a mi viejo amigo, normalmente pulcramente arreglado, ahora con barba y sandalias. Y la risa me dolió.

"Estúpida tonta". Nadie más que James podría decirme esto y hacer que sonara tanto igual como un término cariñoso como un reproche punzante al mismo tiempo. "¿Qué creías que estabas haciendo?"

"¿Qué quieres decir?" Yo conseguí balbucir.

Con una mirada de disgusto, me dio un vaso de agua con hielo y cuatro aspirinas.

"Te encontré paseando por el campo junto al quiosco de música, cantando y anunciando a todos 'Puedo volar VOLARRRRRR'. Y el sol ya estaba en el horizonte y estabas tan drogada que me dijiste que debería verlo contigo porque sería ' espectacular, hombre '".

Hice una mueca. Él no se detuvo.

"Deberías pensarlo mejor antes de alimentarte de borrachos, o de personas que consuman una gran variedad de sustancias ilegales".

Sí, yo debería hacerlo. Resultó que el cuarteto con el que tuve ese momento tan espléndido también había estado tomando LSD. Había visto suficientes nubes púrpuras y había escuchado suficiente música rara para un buen y muy largo rato.

Volví a dirigir mi atención al presente. Todos me miraban. James tenía una tranquila mirada expectativa en sus ojos.

"Ok, estoy dentro" Repliqué.

Y así es como llegué a estar en este club, usando pantalones de cuero decorados con espray y un chaleco que no estaba haciendo un gran trabajo para sostener mis modestas, pero turgentes, par de tetas.

Podía sentir a James por ahí en algún lugar entre la multitud y me tranquilicé, como siempre, por su presencia.

Sabía que probablemente se estaría sonrojando cada vez que me miraba. Los dos muchachos me tenían atrapada ahora, atrapada entre ellos y los tres yendo y viniendo como uno solo.

Sus dos pollas rígidas ya estaban prácticamente dentro de mí. No me importa que haya una multitud mirando, especialmente si soy el centro de atención, pero esto podría ser demasiado, al menos en esta situación.

Me preguntaba si podría obtener sus números de teléfono y arreglar un *ménage à trois* en otro momento.

Entonces lo olí. El leve olor a sangre. Sangre fresca. Un humano nunca podría haberlo extraído de la miríada de otros olores, incluso si hubiera sido cien veces más fuerte, pero yo podía hacerlo.

Levanté la cabeza y respiré profundamente, tratando de determinar la dirección de dónde venía el olor. Venía de allí, a mi izquierda. Agité mi cabeza, pensé. ¿Qué había en esa dirección?

La respuesta me llegó y ya me estaba moviendo hacia allá. Ambos muchachos cayeron al suelo al quitarse su soporte. Ni siquiera tuve tiempo para disculparme con ellos mientras me abría paso a través de la agitada multitud. Tomé el pequeño micrófono escondido debajo de mi chaleco.

"James", casi grité, tratando de atravesar el ruido del club para hacerme oír. "La puerta de atrás. El callejón".

Cuando me vestí para hacer mi rol de cazadora de un vampiro asesino (lo irónico que era, después de todo, era una de mis aficiones favoritas), habíamos tenido un gran debate sobre el micrófono.

Acepté usarlo, pero me negué a llevar un auricular. No importa cuán bueno sea su ocultamiento, estaría tan cerca de las personas que estaba investigando que se habría destacado, por lo menos el cable, como, por ejemplo, un vampiro en una iglesia.

Por lo que entonces no tenía ni idea si James me había escuchado. Solo podía orar y desear que así fuera.

Logré atravesar a la multitud. Había algunas personas grandes y fuertes allí, pero nadie que pudiera igualar mi gran fuerza, mayor que la humana, junto con mi determinación.

Llegué a la puerta trasera y vi que los cables que deberían haber disparado la alarma habían sido arrancados.

El olor a sangre era increíblemente fuerte ahora. Eché una mirada detrás de mí. Nadie venía, de momento, por detrás mío. Abrí la puerta y salí afuera corriendo.

Miré hacia ambos lados y luego lo vi. Estaba completamente segura de que era él.

Tenía a una chica de pelo oscuro, que yo había visto anteriormente, inmovilizada contra la pared, con la cara en su garganta. Ella todavía estaba viva, y sus manos le golpeaban débilmente a él, pero podía decir que no sería por mucho tiempo. Después de todo, a él eso no le importaba. Él no estaba tratando de juzgar cuánta sangre debía tomar por una cuestión de precaución. Él estaba allí para matar.

Salté sobre él. Estaba tan cautivado con su presa que no se dio cuenta que yo estaba allí hasta que lo aparté de ella y lo empujé por el callejón hacia la calle.

Él atacó está vez hacia mí.

"Perra", gruñó mientras con su brazo casi me aplastaba el hombro cuando me lo golpeó.

Negué con la cabeza. Maldición, eso dolió mucho, pensé mientras me arrojaba sobre él.

La bajé la cabeza y traté de envolverlo en mis brazos. Con un poco de suerte podría mantenerlo abrazado por unos pocos momentos que esperaba que fuera todo lo que se necesitaría hasta que llegara la caballería.

Pero no pude.

Decir que era inhumanamente fuerte parece que podría aclarar el punto, pero su fuerza era tan superior a la mía como la mía estaba por encima de un humano normal.

Con un simple movimiento, me golpeó contra la pared con tanta fuerza que vi las estrellas. Él venía hacia mí y lo que pensé es que ya no iba a ver el final de mi quinto siglo.

Pero luego se dio la vuelta y huyó por el callejón cuando vio que James con dos de sus agentes humanos del FBI aparecían, a toda velocidad, por la puerta del club.

Nuestro desconocido desapareció en una lluvia de disparos. Si alguna de las balas especiales que los tres agentes estaban disparando había llegado a su objetivo, no podría decirlo. Ya que yo tenía mis propios problemas ahora.

En su empujón, había ido a caer contra la mujer de la que se había estado alimentando. Mi cara estaba contra su cuello, justo donde la sangre todavía goteaba y el aroma me estaba dominando. Mi cabeza me daba vueltas por el golpe contra la pared de ladrillo, así que inconscientemente extendí mis colmillos y dejé caer mi cabeza hacia ella.

"¡NO! Cindy, detente. No puede soportar más pérdida de sangre". James tiró de mí en un movimiento un poco brusco.

Él me abrazó y me abrazó hasta que pude recuperar el control de mí misma. Estaba temblando y rehusándome a llorar. Odio perder el control así.

En poco tiempo, llegó una ambulancia allí para llevar a la víctima al hospital. El área fue acordonada y comenzó una cuidadosa búsqueda.

La mayoría de los agentes involucrados habían trabajado con James antes y sabían ser muy cuidadosos incluso cuando se preguntaban cómo el agresor me había maltratado. Era obvio que sabían que yo era una mujer, pero también sabían lo fuerte que era una vampira, y que físicamente no había podido competir con él.

"No podrán encontrar nada que lo identifique. Joder.", maldije. "Lo siento, lo tuve en mis manos, pero no pude retenerlo".

"No te preocupes, amiga. Me alegro de que hayas llegado a tiempo a salvarla y de que vaya a estar bien", me aseguró James. Él estudió su cuaderno. "Y la descripción que nos has dado es muy vaga, Cindy. Varón caucásico, edad aparente de alrededor de 30, unos 1,80 de alto, cabello oscuro y piel clara. ¿Algo más? ¿Qué hay de sus ojos?"

"Grises", respondí. "Eran como si miraras a través de una capa de hielo, y se veían muy fríos". Miré a mi amigo, compañero y, a veces, amante. "James, me asustó muchísimo. Y no me gusta eso. Prométeme que vamos a encontrar a este hijo de puta y lo atraparemos".

FIN

SUMISA
ERIKA SANDERS

Te deseo.

Todo de ti.

De la cabeza a los pies y todo lo demás.

Tu cuerpo, tu mente, tu alma.

Las imperfecciones que odias que yo no.

Amo cada parte de ti, tal como eres.

Especialmente ese culo.

Quiero estar contigo.

Todo el tiempo.

No importa dónde esté.

Mi mente divaga, provocada por un pensamiento o una imagen.

Una canción.

Tus iniciales en una matrícula.

Una simple palabra hablada de pasada que tiene un significado especial para ambos.

Un extraño que lleva el pelo como tú.

Vestido como tú.

Quiero oír tu voz.

Cuando me llamas con tus nombres de mascotas.

Dime que me amas, me extrañas.

Describe cómo fue tu día.

Pregúntame sobre el mío y dame tu opinión.

Comparte lo que estamos haciendo o planeamos.

Incluso lo mundano.

Sedúceme a altas horas de la noche mientras estoy tumbada desnuda en la cama en la oscuridad y tú estás a kilómetros de distancia.

Sé duro conmigo cuando me pongo malcriada y hago pucheros por colgarme el teléfono para dormir o para prepararte para el trabajo.

Quiero ver tu interior abierto por escrito.

Saboreo cada nuevo mensaje y foto.

Reviso las conversaciones pasadas.

Recuerdo que cuando no estamos físicamente juntos, todavía piensas en mí.

Que puede estar ahí con un toque de tus dedos.

Tus palabras son fuertes a pesar de que no hay sonido; me tocan en el fondo, como si me las hubieras dicho directamente al oído.

Quiero comentar mis novelas contigo.

Sugiéreme ideas mientras hacemos una lluvia de ideas sobre la trama y los nombres de los personajes.

Elimina las áreas problemáticas.

Marearte con los comentarios y opiniones de los fans.

Apaciguar mi ira y confusión cuando los lectores sin rostro y sin corazón critican mis historias sin una buena razón.

Y continúo escribiendo otro día con tu ánimo.

Quiero ser domesticada por ti.

Para cocinar y hacer los quehaceres de la casa.

Hacer recados.

Ir a bailar, ver una película y hacer viajes.

Solo acurrúcate y toma una siesta en el sofá en un fin de semana lluvioso.

Llamarme deseoso para hacer el amor bajo montones de mantas en la cama todo el día.

Dormirnos en los brazos del otro por la noche y luego despertarnos uno al lado del otro por la mañana.

Ducharnos juntos.

Tener sexo de reconciliación cuando peleemos.

Quiero ser besada por ti.

Repetidamente.

Tanto con ternura como con brusquedad.

Sabes cómo burlarte de mí.

Satisfacerme.

Despertarme con tus labios, dientes y lengua.

Para hacerme llorar y gemir.

Suplicar.

Mi cuerpo tiembla.

Quiero hacer cosas pervertidas contigo.

Asistir a comidas y eventos.

Hacer amigos en tu estilo de vida.

Participar en juegos sexuales en fiestas.

Descubrir más deseos secretos.

Liberar nuestras inhibiciones.

Explorar nuestros lados más oscuros.

Llevarnos el uno al otro a lo más alto de los máximos y luego consolarnos el uno al otro cuando caemos en el más bajo de los mínimos.

Quiero ser dominada por ti.

Gruñó porque soy tuya.

Haces que mi pulso se acelere y que la respiración se detenga al oír tus órdenes.

Silencioso o brusco, ambas situaciones me hacen sonrojar.

Tengo muchas ganas de que me sujetes contra la pared con tu polla entre mis piernas, presionado contra mi coño.

Que me ordenes follarte ... que venirme solo cuando tú lo digas.

No tengo más remedio que ceder cuando torturas mis oídos, cuello y pechos con tu boca.

O cuando siento tus manos sobre mi cuerpo mientras reclamas lo tuyo.

Mi pecho se hincha de orgullo cuando dices que soy una "buena chica" por hacer lo que quieres.

Quiero estar atado por ti.

Físicamente.

Mentalmente.

Con tus manos, esposas o cuerdas.

Mis muñecas sostenidas en tu agarre por encima de mi cabeza o aseguradas a la cabecera de la cama.

Piernas restringidas, juntas o separadas.

Mis movimientos y reflejos controlados.

Cualquier posibilidad de tocarte eliminada.

Una venda sobre mis ojos para no ver lo que me vas a hacer.

Quiero ser jodida por ti.

Desnuda y abrumada bajo tu cuerpo mientras me arrasas.

Quedarme libre de restricciones sin un toque de ninguno de los dos, usando solo tus palabras para hacerme retorcerme y gemir mientras arruinas mi mente deliciosamente.

O los toques simples y ligeros que has descubierto que me sacan múltiples orgasmos sin importar dónde acaricies mi cuerpo.

Quiero que me utilices.

Ser arrastrada de un sitio a otro a tu antojo.

Abrumada cuando lucho.

Mi trasero desnudo golpeado mientras me sujetabas.

Mis juguetes usados en mí ... por ti.

Tu mano aferrada a mi cabello en la parte de atrás de mi cuello.

Presionando ligeramente sobre mi garganta mientras me miras a los ojos.

Para recordarme quién está a cargo.

Quiero obedecer tus reglas.

Cuando estás fuera de mi alcance, me dan algo en lo que concentrarme.

Están definidas teniendo en cuenta mi mejor interés.

Sé que serás disciplinado en consecuencia si las rompo.

Que confíes en mí para ser honesta contigo cuando te he desobedecido.

Quiero que me consueles.

Acurrucada contra ti cuando estoy a abrumada o tengo un mal día.

Mi cabello acariciado y besado con mi cabeza acurrucada debajo de tu barbilla contra tu pecho.

Calmada por tus palabras y tus brazos a mi alrededor.

Mecida hasta que cese cualquier lágrima.

Quiero cuidarte.

Para abrazarte cuando estás triste, cansado o enfermo.

Seré tu fuerza, alguien en quien apoyarte, porque incluso un Dominante puede tener momentos débiles.

Como tu sumisa, estoy aquí para ti en cualquier situación que me necesites.

Para complacerte o aliviar tu dolor.

Quiero todas estas cosas y más.

Porque soy sumisa de esa manera.

Como tu dominante ...

FIN

www.ingramcontent.com/pod-product-compliance
Lightning Source LLC
LaVergne TN
LVHW090128160826
845673LV00015B/1104